QUI NOMMERONS-NOUS?

DE L'IMPRIMERIE DE P.-F. DUPONT,
HÔTEL DES FERMES.

QUI NOMMERONS-NOUS?

Vir bonus et sapiens, qualem vix reperit unum,
Millibus è multis hominum, consultus Apollo.

VIRG.

PARIS,

À LA LIBRAIRIE CONSTITUTIONNELLE

DE BRISSOT-THIVARS,

Rue Neuve-des-Petits-Champs, n° 22.

1820.

— Le *Guide électoral*, ou Biographie politique et législative de tous les Députés, pour la session de 1819 à 1820, par Brissot-Thivars (seconde année); un gros volume de 500 pages, petit-romain. Prix : 7 fr. A la Librairie constitutionnelle, rue Neuve-des-Petits-Champs, n°. 22.

Cet ouvrage est suivi d'une liste des Candidats généraux aux élections de 1820, la censure en a prohibé l'annonce.

QUI NOMMERONS-NOUS ?

Qui nommerons-nous est une question que l'on entend partout, au faubourg Saint-Germain comme au Marais, à la Chaussée-d'Antin comme au Quartier-Latin ; on ne peut entrer à la Bourse, dans les cafés, dans les foyers de nos théâtres, à l'Athénée, dans les magasins de la rue Saint-Denis, dans les ateliers de nos faubourgs, sans être invité à répondre à *qui nommerons-nous.* Les Athéniens n'étaient pas plus empressés à se demander : *Que fait Philippe ?*

Mme de Médonval, veuve riche et spirituelle, reçoit chez elle la société la plus variée et la plus distinguée de Paris ; on dirait que tous les rangs, toutes les classes, toutes les opinions se font représenter dans son salon : jurisconsultes, militaires, gens de lettres, artistes et prélats s'y trouvent, non confondus, mais associés : son affabilité, son esprit conciliant, ses manières prévenantes mettent un tel accord dans ces réunions que les nuances les plus tranchées s'effacent et disparaissent. Il est vrai qu'elle s'étudie à éloigner les discussions politiques, et qu'elle dirige autant qu'elle peut la conversation vers la littérature, les théâtres, les applications nouvelles des sciences, les arts utiles, les mœurs étrangères ou les institutions de bienfaisance. Elle ne put éviter cependant d'entendre la question générale, *Qui nommerons-nous*. Ah, Messieurs ! dit-elle, choisissez de grâce un autre entretien ; celui-ci peut amener des personnalités, et j'en serais désolée : attendez pour traiter ce grave sujet que vous soyez dans vos assemblées électorales. — Si je ne savais pas que Mme de Médonval est une excellente Française, dit M. de Préfond, je regarderais son désir comme un ordre ; mais puis-je lui déplaire en lui faisant observer que nos assemblées électorales ne sont que des bureaux de poste où l'on passe pour jeter son scrutin à la boîte, et attendre la levée ? Il n'y a point d'assemblée là où il n'existe ni discussion, ni délibération : le président, candidat de parade et recruteur obligé, n'ose par respect humain dire

Nommez-moi; mais il le fait dire, et si l'on n'a pas fait son choix d'avance, il trouve les moyens d'inspirer celui que doit approuver le ministère. Je ne parle point des circulaires envoyées à tous les agens de l'autorité, des promesses, des menaces, des dîners..... Madame, l'affaire est très-importante, et puisque la nouvelle loi d'élection met le sort de la France dans les mains de l'aristocratie *métallique*, puisque les petits propriétaires, qui supportent les mêmes charges sans jouir des mêmes prérogatives, confient forcément leur destinée aux électeurs à écus, il est plus nécessaire que jamais d'examiner les garanties que nous offrent les hommes appelés à l'honneur de nous représenter; et où peut-on mieux procéder à cet examen que chez vous, où l'on trouve une grande liberté, tempérée par le sentiment des convenances ?

Madame de Médonval sourit et répliqua : Si vous voulez que je consente à vous laisser parler d'élection, promettez-moi tous, Messieurs, que vous né citerez aucun candidat pour en faire la satire, et que vous ne direz que ce qui est à son avantage, sauf à le juger plus sévèrement ailleurs. — Nous acceptons tous la condition. — Je ne crois pas, Messieurs, dit le marquis de Villefort, que votre indécision se prolonge : le gouvernement , qui mérite votre confiance à tous égards , a pris ses mesures pour assurer de bons choix. Les gens comme il faut , les vrais royalistes, les hommes purs enfin sont d'accord , et vous savez que, pour le bonheur de la France , ils sont les plus nombreux, les plus forts et les plus habiles. Tranquillisez-vous donc, et dispensez-vous de discuter : vous aurez des députés parfaits qui veulent le roi *sans conditions*, entendez-vous, qui ne parleront plus des intérêts de la révolution, mots vides de sens, ni de toutes les chimères démocratiques auxquelles le peuple paraît tenir encore, mais dont il se déshabituera bientôt. Je vais vous parler franchement : nous sommes tellement surs d'une majorité compacte que nous voulions d'abord vous donner pour représentans les généraux *Canuel* et *Donnadieu*, opposer M. l'abbé *Laménais* ou l'abbé de *Rozan*, chef des missions, à M. l'archevêque de *Pradt* , que deux départemens veulent nommer : nous étions encore tentés de porter à la députation M. *O'Mahoni* (1), pour

______

(1) Rédacteur suppléant du *Conservateur*. Il a su allier la fureur à la bouffonnerie ; genre de talent remrquable et nouveau.

réparer la perte de M. *Piet* (1); mais nous avons pensé que ces choix pourraient effaroucher quelques électeurs timorés, et nous avons porté sur notre liste des noms moins alarmans. Admirez, Messieurs, notre tolérance : vous aurez pour député l'éloquent et élégant défenseur du général Moreau, M. *Bonnet*, intime ami de M. Bellart, homme conciliant et spirituel, qui parlera à la tribune comme Boufflers parlait à la cour ; vous aurez le profond et docile M. *Olivier* de la Banque, le plus profond M. *Bricogne*, maître Jacques de notre riche ministre des finances, et l'érudit et imperturbable *Quatremere de Quincy*, non moins fidèle à la dynastie des Bourbons qu'il le fut à la république et à l'empire.... (2). Vous riez, Messieurs; ce rire me paraît d'heureux augure.—Vous pourriez vous tromper, dit M. de Tavelle, aucune faction, aucun parti n'a le droit

----

(1) Quand M. *Piet* était à la Chambre Potier craignait d'être obligé de quitter le théâtre.

(2) Dans une séance de l'Académie, où quelqu'un se permit de l'interrompre, il dit à ses collègues : *Taisez-vous ! vous devez savoir que je suis royaliste et brutal.* En vendémiaire an IV, il fut condamné à mort pour s'être opposé à ce qu'on changeât la constitution républicaine.

et n'aura le pouvoir de dicter un choix aux électeurs : vous nous feriez douter de la liberté des
élections ; mais, Monsieur le marquis, la procla-
mation du Roi nous rassure : il nous recommande
de nommer des députés qui sachent également
bien défendre nos libertés acquises et les prérogatives du trône. —M. *Batincourt*. Moi je prends
ce que nous a dit Monsieur le marquis pour une
aimable plaisanterie, et je vous rapporterai ce
qu'hier j'ai entendu dans une nombreuse société
de gens de lettres. L'Académie française peut offrir
des noms honorables à la candidature, celui de
M. *Lemontey* (1), auquel nous devons *Folie et
Raison, Chacun son mot,* et un ouvrage très-
philosophique sur Louis XIV ; celui de M. *Népo-
mucène Lemercier,* auteur de la tragédie d'*A-
gamemnon* et de la *Démence de Charles VI :* on
cita, je crois, aussi M. *Bavoux,* que la tribune aux
écoutes appelle à l'autre tribune, et M. *Fulchi-
ron ,* qui, par ses connaissances variées, ne serait étranger à aucune question, et que son talent d'improvisation, non moins que son patrio-
tisme, met à côté de M. Chauvelin. J'allais écrire

----

(1) Il a été membre de l'Assemblée législative ; il est
de l'Académie française et censeur dramatique.

ces noms sur mon souvenir, lorsqu'un négociant, qui était près de moi, me pria d'y ajouter M. *Frochot*, dont Paris ne peut oublier l'honorable préfecture ; M. *Rodier*, sous-gouverneur de la Banque, et M. *Antoine Dubois*, qui serait aussi bon publiciste à la Chambre que savant physiologiste à la faculté.

M. Dumont. — J'aime assez M. Rodier pour ne pas l'exposer à perdre une place qui lui rapporte trente mille francs ; et certes il la sacrifierait plutôt que de trahir ses mandataires ; mais si vous voulez des hommes de finance, n'avez-vous pas M. *Jacques Lefebvre* de la Banque, M. *Odier*, M. *Flory?*

Mme de Médonval. — M. Odier est-il né Français ?

M. Dumont. — Non, madame ; mais je le crois naturalisé. Pour M. Flory, qui a comme lui présidé le Tribunal de commerce, il est très Français, et son caractère énergique n'admet aucune capitulation de conscience. Si l'on nommait avec lui M. *Guérin de Foncin*, nous aurions la certitude que le budget, sévèrement analysé, ne dépasserait pas les besoins de l'état. Prenons-y garde, Messieurs, le budget est le grand moteur de la machine politique. Avec de l'argent on achète des hommes, et avec ceux-ci l'on obtient de l'argent : des hommes vendus et de l'or pour ceux qui veulent se vendre, que faut-il de plus pour renverser toutes les constitutions du monde? Voilà pourquoi l'opinion publique porte des industriels à la députation : eux seuls en effet comprennent bien les comptes et la balance des recettes et dépenses. Loin d'être effrayé de voir des financiers sur les rangs, j'y mets encore mon respectable ami, *M. Gévaudan*, qui fait un si noble usage de sa fortune, dont il ne se croit que dépositaire tant qu'il sait un patriote malheureux. . . .

Mme de Médonval. — Tout le monde ici l'aime, l'estime et le vénère.

Le docteur V. — Je ne conteste pas la nécessité d'avoir à la Chambre de bons calculateurs; mais, Messieurs, n'oublions pas que les Electeurs de Paris ont un engagement d'honneur à remplir. Si dans les dernières élections vous aviez eu un député de plus à nommer, c'était *M. Gilbert-Desvoisins*, qui réunissait vos suffrages. Cet ancien et intègre magistrat s'aperçut que sa nomination nuirait à celle d'un orateur dont le talent paraissait devoir être d'une utilité plus directe à la Chambre; il ne balança pas à faire en sa faveur le sacrifice de ses prétentions. Touchés de ce noble dévouement, vous lui promîtes vos voix pour la prochaine élection : voici le moment de remplir votre promesse.

M. Thomas.—Nous la remplirons sans doute; mais la robe oppose à M. Gilbert un candidat redoutable; c'est *M. Tripier,* qui s'est conduit fort sagement à l'assemblée de 1815. Je sors, Messieurs, de la société T....x, où il a beaucoup de voix, et où l'on porte des hommes estimables, dont ici je n'ai pas encore entendu les noms.

Mme. de Médonval. — Ecoutons, Messieurs, écoutons; il est important que nous connaissions les candidats de la société T....x.

M. Thomas. — Après M. Tripier, celui qui paraît y réunir le plus de suffrages est *M. Mathieu Dumas,* ensuite l'ex-ordonnateur *Dubreton :* voilà pour l'administration militaire. Quant à l'administration civile, on présente le vénérable *M. Rousseau,* ex-maire du 3e arrondissement, et M. le comte *Alexandre Laborde,* à qui nous devons l'importation de l'enseignement mutuel, et qui promet de n'être bientôt plus maître des requêtes s'il devient député.

M. de Corbon.—Je ne vois rien d'hostile dans de pareils choix ; mais voilà bien des noms passés en revue, et nous n'avons que quatre députés à faire. Chacun de ces candidats a son genre de mérite : si nous divisons nos suffrages, je crains que nous n'obtenions aucune nomination libérale. Tâchons d'arrêter nos idées, et ne nous séparons pas de grâce sans faire un scrutin d'essai : nous connaîtrons les valeurs relatives, et nous arriverons au collége électoral avec des probabilités.

Tout le monde applaudit à la proposition : Mme de Médonval fait distribuer des bulletins ; quelques groupes se forment ; on se consulte, on dépose les votes, le dépouillement se fait et ne donne la majorité à personne ; il offre même quelques noms nouveaux (1).

On demande un nouveau tour de scrutin, et la presque unanimité proclame :

---

(1) On dit qu'un bulletin portait le nom du silencieux M. *Camet de la Bonardière*, un autre le pacifique M. *Lebrun*, et un troisième le sémillant M. *Gentil de Chavagnac*, auteur du *Père Sournois*, et collaborateur des dîners du troubadour Désaugiers.

MM.

Gévaudan, administrateur des messa-
geries ;

Flory, régent de la banque ;

Gilbert des Voisins, ex-président;

Guérin de Foncin, négociant.

Quelques jours après Mᵐᵉ de Médonval apprit qu'une assemblée beaucoup plus nombreuse que la sienne avait eu lieu dans un hôtel de la rue de la Chaussée d'Antin, vis-à-vis le n° 12 ; que tous les suffrages s'étaient réunis sur les mêmes candidats, et que douze sociétés d'électeurs, formées dans les douze municipalités de Paris, les avaient adoptés ; ce qui fit dire à l'auteur de cet écrit :

Vivite concordes et nostrum discite munus.

Cᴌᴀᴜᴅɪᴇɴ.